coleção
rosa manga

FUGAS_ PAUSAS E DESATINOS

Carla Dias

FUGAS_
PAUSAS E DESATINOS

1ª edição, 2022, São Paulo

LARANJA ● ORIGINAL

Ao meu avô Lili, que me ensinou a gentileza, sendo gentil, e inspirou o meu apreço pelas palavras por meio das suas cartas e da sua poesia.

Mas se apesar de banal/ Chorar for inevitável/ Sinta o gosto do sal
Da canção *Milágrimas*, de Itamar Assumpção e Alice Ruiz

Sumário

9   prefácio / Whisner Fraga

13 **pessoas**
    quem eu sou é mais além

33 **rótulos**
    o seu olhar não me decide

53 **aos nossos afetos**
    que haja amor mesmo enquanto dure a dor

73 **quem é o quem sou?**
    ser você não é tarefa do outro

93 **os vãos do amor**
    beijo na boca do coração partido

Arqueologia da fragilidade usual

Whisner Fraga

Há um trovejar de quimeras desmoronando, texto a texto, nas cinco partes deste livro imenso. Carla Dias disseca a anatomia da solidão, sem dar trégua aos personagens concebidos e curtidos no sal de tormentos e de devaneios.

Escritores elegem seus temas preferidos e deles não se desvencilham vida afora e é muito bom que não alforriem esses assuntos. Nesta obra é retomada a ideia da individualidade, em suas inúmeras nuances. Há nos minicontos (peço permissão para chamar cada narrativa de miniconto ou de minicrônica) uma liberdade avançando sobre os estragos do cotidiano, algo que não percebia nos outros trabalhos de Carla e isso não significa estarmos diante de uma carpintaria melhor ou pior, apenas diferente, e um artista se benze nessas metamorfoses, mesmo.

Há muita tragédia nas histórias e não devemos nos prender ao encantamento dos sofreres, pois é nítido que todos se banham também na água consagrada da pia batismal da esperança, entremeada de sonhos e, sobretudo, de silêncios. São as pausas presentes no título. Não basta fugir, é necessário se misturar ao vazio para subjugar a si próprio e ao íntimo, comumente traiçoeiro. As pessoas estão armadas de desvarios na peleja contra o julgamento do outro e, pior, contra as etiquetas de fontes gravadas pela tinta da imprecisão. Devem se submeter a arbitramentos, desde a infância até sabe-se quando?

Primeiro há a manufatura do indivíduo, amálgama do lirismo coletado da realidade com os exageros do imponderável, sujeito comprimido pela crueza de tradições que não ultrapassam o próprio passado e é refém de longevas intolerâncias. A menina rejeita o cárcere, porque tudo é inédito e pronto para ser desvendado, o homem, inicialmente austero, cede à urgência da aceitação, a mulher, estrangeira, deslocada, ensina a domar os sentidos, a derrubar estorvos, a sobreviver, e a mulher é mais do que uma mulher, o homem mais do que um homem e a criança mais do que uma criança: são todos gestações.

Depois, a melancolia, a miséria camuflada, a identidade, o respeito aglutinado nos relacionamentos, ainda se qualquer abismo só pretenda ecos. O alheio é longe, embora a caminhada até lá permita o vislumbre de alguma fagulha, de alguma clareira e daí brote a negligência essencial à consciência do encontro, um descobrimento obstinado de vozes, de relances buscando a harmonia, o pacto.

Mais tarde, a colheita, na serenidade ensurdecedora do que se cala. Nos deparamos com desencantos, artimanhas, um medo desembocando em todos os despovoados, a imposição de mixarias que se encaixam em detalhes e a soma de ressentimentos molda a impotência. Neste ponto, ninguém fareja o rancor comprimindo a soberania de ímpetos nem aventa o risco em atos persuasivos, habitualmente conhecidos por inveja. Adultos, procuram a terra em que abandonaram o elo, aludem regressos, entretanto o tempo, confinado em etimologias matemáticas, lhes nega a petulância: a volta é improvável. Crescidos, para driblarem a lógica, engendram subterfúgios, pois quem agrilhoa a memória?

A lembrança é um cão salivante acossando limites.

Enfim, a subordinação: o corpo se divide em inocência e em amor. Em debandada e em persistência. Frente à impossibilidade de se conciliar com o desabitado, com o fútil, com o dispensável, com o insignificante, o desejo se reduz a uma degenerescência guarnecida por enganos. É aí que a escritora deposita o paradoxo: não há ajuste possível, há somente um ânimo para novos esforços, resultando em miragens, retroalimentando réplicas do irreal, na tentativa de abrandar todos os desertos.

pessoas
quem eu sou é mais além

O dia em que assistiu ao terror

Estarreceu-se diante do feito. Parou ali, em misto de medo lancinante e curiosidade acirrada, observando a fatalidade, o olhar se distraindo com as poças de sangue. Não se lembra de ter visto tanta carne fora do corpo de uma pessoa. Tanto vermelho-morno pavimentando a rua. Não se lembra de se sentir tão vazio diante de uma tragédia. Aceita nunca ter vivido ou testemunhado uma desse calibre, de desfigurar muitos, aniquilar tantos mais. Entretanto, não consegue se desviar da cena. Não sabe como parar essa espera, pelo quê? Engole, por repúdio, o que há pouco o agoniava: a comida ruim do restaurante, o pedinte enfeando a paisagem, a cor dos ônibus, o atraso do filho para o compromisso, a abotoadura perdida. A paisagem observada é de violência robusta. Nela tudo se escancara, perde a identidade, mistura-se com perdas. No chão, a criança atravessada por uma placa indicando: "rua sem saída". E ele assim, sem direção para seguir ou certeza para guiá-lo.

Indiscernível

Percebe-se avizinhar a compreensão de não saber mais como se inteirar dos objetos do mundo: prédios de desafiar olhar de quem sofre de vertigem, campos abertos aos adeptos da solidão acolhida, comidas das quais não sabe o nome, roupas de proteger corpo do frio, livros para esbarrar ao acordar do cochilo no sofá, lua de enfraquecer indiferença. Construiu-se com partes recolhidas do mundo: histórias de desalinhar acertados, fome de empanturrar o espírito com dúvidas, devaneios para desfiar com a franqueza de quem identifica insignificâncias e se especializou em descartá-las. Amua-se de gastar horas a qualificar tormentos. Encanta-se com a diversidade como as crianças se permitem encantar por brincadeiras esmiuçadoras de verdades insolentes. Catequiza o próprio coração à especulação dos sentimentos. Nunca foi amada e isso a faz sentir estrangeira no próprio país que é a sua existência. Chora até cair na gargalhada de encantar apetites da ironia. Sobrevive a si, um dia de cada vez.

O sem-fim delas

Sentada à porta de casa, a irmã mais nova um degrau abaixo. Ela escova os cabelos rebeldes da menina, uma criança arredia, mas de generosidade de não caber no universo. A tarde já descambando para a noite e o céu avermelhado encanta os seus olhares, duas figuras miúdas existindo em um sem-fim. Sempre houve ali uma severa ausência de palavras. Só os bichos, vez ou outra, por excesso de braveza ou desejo, fazem seus barulhos soarem altos. Elas estão acostumadas à solidão dos abandonados, aquela que engole sorrisos, oportunidades e planos, sem deixar rastros. Vivem, desde sempre, a rotina das breves e apenas necessárias conversas, com a privação do que era confidenciado uma à outra. Houvesse um observador atento à essa cena, ele saberia identificar o que não falta a elas. Pudesse observar cada escovada de cabelos, o laço ajeitado bonito, o assistir ao pôr do sol, uma na companhia da outra, ele compreenderia a tristeza da solidão. Afinal, foi ela que não fez direito o seu trabalho.

Contentamento

Que passo a desejar reticências para cada certeza, a fim de despir a perfeição da sua perene doidice de se achar definitiva e para lá de necessária. Não aqui, onde engrenagens são as mãos ao ar, interagindo com o vento, em busca da criação de uma jornada de carinhos. Não aqui, onde silêncio é prefácio de cantoria e as pessoas são mais do que pessoas. Elas também são companhia apreciada como o vinho, o café fresco, os pés nus correndo pela casa em busca de alvo no qual dançar. Que passo a ladear a coragem de enveredar pelos mistérios da felicidade. Apesar de ela se apresentar como orgulhosa autora dos melhores momentos da minha vida, eu a encaro, calada, lembrando-me daquele que chegou imperfeito, quando, antes de a felicidade chegar, a melancolia se apodera da minha humanidade e eu aprecio essa invasão.

Nada a dizer

Tenho nada a dizer; ainda assim, digo. Há quem me chame de defensora da prolixidade. Há quem se encante com as minhas palavras desperdiçadas. Sou uma desperdiçadora de palavras e não me sinto acuada diante do oposto, porque também há dias em que tenho *o tanto a dizer* fincado no engasgo. E apesar da dificuldade em me expressar, jamais renuncio à minha vez. Grito se for preciso, e se preciso for, grito ainda mais alto. Nasceram assim algumas declarações recitadas no amparo do remanso. Que me perdoem os que não se sentiram reverenciados, mas desgostar também faz parte do meu repertório, e, às vezes, pode ser confundido com afeto. Quando tenho nada a dizer, melindro, e alguns lamentam quando volto à fluência dos meus pensamentos desarranjados, como se tivesse me embriagado de desditos. Outros me observam com seus olhares derramando palavras circenses, destinadas aos malabarismos de fazê-los se curvarem ao vazio que sustentam.

O outro ele

Voo é ousadia na qual não pensa há muito. Quando pensava, rasante era de arrepiar viagens, mas não se permite mais esse tipo de quando. Sua mente vive acomodada em fascínios comportados, dos extraídos das prateleiras dos fast-sonhos. Estudou para ser mais do que acabou se tornando: operador de telemiragem, produtor de acontecimentos, construtor de probabilidades, doutor em arrependimentos. Eram tantos talentos que serviam somente para ocupar espaço em currículos digitais descartados antes mesmo de se tornarem arquivos anexos abertos por um curioso. Amor é ousadia que não sente há nunca. Quando pensou que a sentia, deitou-se com pessoas tantas e fartou-se de suas carnes, não sem antes pechinchar seus cachês. Colocou em prática as próprias habilidades de contador de tragédias, administrador de dúvidas, historiador de misérias, desenvolvedor de esquemas. Um dia, olhou-se no espelho d'água de uma poça após chuva de verão e sentiu saudade de quem acabara de conhecer. Sorriu, mas o outro não correspondeu.

Nulidade

Luz apagada para ver nada de nada de nada. Nem teto quer ver, assume. Nem assumir quer, assume. Nem assumindo se convence. Faria diferença se a convencesse? Nada de nada de nada. É o mínimo do mínimo em um universo de sem-fim. Aproximam-se dele, esse um e aquele outro, dizendo que a vida necessita do que ele tem a oferecer, e gargalham, inspirados pela sua falta de pretensão; afinal, quem vence na vida sem desejo de domá-la? Nunca quis isso. Nunca a desejou assim. Sempre se sentiu alinhada a ela, como se entrelaçassem mãos: ele e a vida. Ainda não sabe se é erro ou medo, então, percebe-se um fio frágil conectando o pouco ao quase nada. Um nada de carne e ossos e sangue e ambições rejeitáveis. O nada de nada de nada se deita no corpo das horas e inventa conversas obtusas, que comunga com o indizível e reverbera no indecifrável, que o faz tremer como se enfiasse dedos na sua garganta, a fim de alcançar a verdade que ele não deseja encarar.

Amém

Fecha os olhos, abre os olhos, espia, fecha os olhos. Seus joelhos doem, e as mãos não aceitam a posição, insurgentes, adeptas do ritual de se jogarem ao vento. Mãos a se passarem por bailarinas. Seus ouvidos, distraídos da essência do momento, colocam para tocar a canção preferida. Na repetição e em outro idioma. Ela sonha em se mudar de mundo. Abre os olhos, desdobra os joelhos, senta-se no banco de madeira. O olhar desgovernado quer sair do recinto para ver o mundo, mas só faz é bater em paredes. Sente a prisão lhe afagar os sentidos. Uma prisão de sorrisos frouxos e benevolência frágil, de absoluta certeza sobre o absoluto mistério. Acompanha os outros até a saída, esbarra em um cenário de dia de sol a iluminar árvores e as vestir de vida. Sorri, respira fundo, sente-se ousada em seu mistério próprio. Pensa que, se Deus está em todas as partes, ela por certo prefere encontrá-lo no jardim, durante um passeio sem pressa, sem peso, para conversa franca, e a isso ela diz *amém*.

Humanos

ensine onde fica o nó do sonho para que possamos desfazer a demanda da vida e talvez sermos tudo nos arrabaldes do nada sermos pintados aos quadros e cantados aos prantos sem perdermos o rumo se é que perdemos mais do que a sessão de cinema das nove dessa noite de rigoroso delírio quando nossos corpos são corpos e corpos se desfazem e se reconstroem porém na alma guardamos o relógio despertador desse compulsivo desejo por felicidade que nos abate durante os comerciais das preferidas telenovelas e às vezes queremos ser tristes para saber a diferença entre plenitude e confusão e gostamos de nos trancar no quarto e ficar sem ver ou pisar em ruas para ligarmos o rádio de madrugada e ouvirmos uma doce e desentendida canção que permita nos jogarmos em sofás aos trapos e trapaças pessoais e alheias e nos faça pulsar até acontecer a colisão entre nossos corpos e almas e nossas tarefas de pessoas do mundo sejam completadas.

Deslembrança

Parada no meio da sala, olhos estranhando claridade. Não se lembra de ter chegado aonde está, de ter saído da cama. Estava sonhando, disso se lembra. Sonhando com uma cidade pulsante, seus carros e transeuntes brigando por espaço. Agências bancárias em cada esquina, crianças malabaristas a cada semáforo, shopping center fazendo a vez de parque, trens indo cada vez mais longe, por túneis cada vez mais secretos. Frequentadores de estações defendendo o direito de não baralhar cores, pois quem anda na Azul não deve se misturar com aquele a se equilibrar na Lilás. Linhas. Acha que é bobagem, adora uma baldeação, nela mora a diversão das cores e dos trens. Nome? Não se lembra de ter trocado de roupa, saído do pijama, colocado tênis. Cabelos? Penteado esquisito. Agonizando nesse não saber o que se passa, olha à sua volta para então se surpreender: não faz ideia de onde está ou quem é. "Tem alguém aí?", murmura, para então se engasgar com o silêncio, o único que lhe responde.

O morto

Imaginava-se livre, digno de descanso, assim que a morte o recolhesse. Nunca pensou que acabaria desse jeito ou aqui. Quando vivo, torcia para alguém lhe dizer gentilezas, mas não. Era um ser de alma besuntada em asperezas, incapaz de reconhecê-las, mesmo as gritadas na sua fuça. Era do bem, só não sabia reconhecer o bem quando a benfeitoria era para o outro. Engoliu vazios, coração no modo estraçalhado. Apesar disso, ganhou o título de homem mais capaz – e de modo indispensável, frio – do escritório. Não ligou para o ocorrido, jamais temeu ou teve apego por rótulo. Agora, aqui está: morto, desencarnado, incumbido de fazer vigília em festas e almoços de família, de ruminar felicidade alheia. Nunca reparou em como as pessoas fazem barulhos esquisitos ao gargalharem. Na condição de fantasma – ou espírito necessitado de reajustes –, morre de inveja da sinfonia criada pelas crianças correndo pela casa, o que, por um momento, o faz sentir vivo como nunca.

Abandono

Colheita manual, de quando é preciso tocar para sentir de fato. Na mão, o bilhete que não consegue ler de pronto. Notas mentais de ausência: hoje a vida vai ficar mais complicada. Velas aromáticas, não gosta. Mesa posta: groselha, frutas vermelhas e compota, necessidade indecente de dulçor. Respira fundo: como alguém consegue viver entre quatro paredes cor rubi? Sobrancelha arqueada, repensa: é rubi de tom claro, bonita, mas diferente da beleza que costuma apreciar, com os sentidos em êxtase. Talvez por isso o engasgo na apreciação. É quase harmonioso, como pode? Abre a boca para o verbo, mas escolhe se calar diante da ausência de alguém para escutar. As cortinas atrapalhadas em uma coreografia de vento que as acolhe. A acidez da verdade desfila por sua percepção, sentindo-se fantástica ao trazer de par a sua nada equilibrada interferência. Como será, então? Como seremos? O vazio parece refrescante, sempre pensou que abandono pesasse ao ter de senti-lo. Por que o alívio? A cor bonita, até é bonita.

Empatia

Esgueira-se para debaixo das cobertas em um ritmo arrastado. Tudo foi misterioso e controverso nesse hoje. Insana a forma como a mulher entrou no escritório e se dirigiu a ela, apresentando seu monólogo improvisado sobre o que aconteceria aos filhos dela se ninguém acreditasse no que dizia. E se a enfiada debaixo das cobertas não lutasse a favor da estranha em seu escritório, aquelas crianças não teriam chance. Então ela, a de debaixo das cobertas, mexida com a declaração da outra, a de água nos olhos e lábios trêmulos, pôs-se a chorar sem parar. A chefe veio e desfez o equívoco. A mulher abriu seu coração à moça do café, não à advogada a ela designada. Nem reparou no uniforme da outra, tão transtornada se sentia. A moça do café foi demitida, porque chorou durante o expediente, na frente da cliente. Debaixo das cobertas, o choro continua, pois não consegue parar de pensar na estranha do escritório e seus filhos, em si mesma, em todos os que ela não conhece, mas se sentem oprimidos, abandonados.

Inadequado

Ofende-se, vez e outras, nem sempre com motivo. Irritar-se é ferramenta para evitar a si e ao outro, porque sempre há aquela pessoa que, sem cerimônia, faz um contorcionismo emocional, em uma tentativa desleixada de provar a ideia formada sobre o outro, atuando como roteirista da história dele. Assim, nos tornamos expectativas. Eu mesmo, expectativa. Construíram-me tão diferente de mim, que me cansei de explicar: sou outro. Não querem saber do outro que sou, mas de quem idealizaram. Na incapacidade de descobrirmos o outro, plantamos jardins de expectativas, onde tudo é colorido e vivaz, e indigesto. Mesmo quando disponíveis para conhecermos de fato o outro, acontece, com frequência desmedida, de não encontrarmos quem buscamos, mas nos depararmos com o que nos torna quem somos, das levezas à mediocridade. Ser é um ato de rebeldia de beleza inegável. Ser dá trabalho. Sou. Serei.

O tudo

Importante cargo, escritório próprio, vale-refeição, vale-transporte, vale-cultura, plano de saúde, décimo terceiro, bônus, caneca com nome para boa dose de café. Amigos: dois próprios, um de infância e um da época da faculdade, mais uns vinte emprestados do trabalho, porque a social faz parte da labuta. Casa própria, *home theater*, iPhone, cama *king size*, coleção dos filmes do Wim Wenders em DVD. Vista para o mar, sala de meditação, sistema de áudio de última geração distribuído por todos os cômodos. Norah Jones se espalha pela casa, com elegância. Conta bancária: para lá de satisfatória. Três carros importados, passaporte utilizado com frequência frenética. Fluente em espanhol, francês, alemão, inglês e, por afinidade, em búlgaro. Conseguiu esse tudo por merecimento e o aprecia com profundidade. No entanto, sabe que o tudo é uma variante, pois há dias em que ele acorda como se o fôlego escasseasse, desaprumado, como se o tudo lhe faltasse com a mesma presteza com a qual lhe serve, respingado de nada.

Da incapacidade de aprisionar o tempo, ou: a morte detesta esperar

Calaram a boca do mundo? Observa a todos: cinema mudo. Seu coração acelera, mas ele não escuta seu manifesto. Calado, seu corpo grita urgência e ele ali, paralisado, olhar desalinhado, pernas incapazes de coreografar passos, pensamentos rodados em mudez, nada do som das palavras pronunciadas. Zero sonoplastia. Ah! Essa silente taquicardia o faz sentir como se o coração estivesse sendo expelido do peito. É quase como sentir a carne se rasgar, abrir caminho para o músculo e todo o simbolismo que ele carrega. Das importâncias: reencontros; por que a saudade das vozes dos seus afetos? E de uma das canções preferidas, das que acalmam tempestades interiores. O silêncio se coloca entre ele e o mundo durante esse agora de coração ralentando, ralentando, ralentando. Então, entende que o tempo não dura a duração das nossas buscas. Sempre acabamos antes, hábeis em nos perdermos em esperas.

Talento

Antes de compreender onde a vida gostaria de levá-lo, já existia o desejo de ser quem é, assim, de profissão e ebulição interna. É que, menino de tudo, teve de enterrar os pais, depois de um acidente. Mas não é preciso se melindrar com isso, porque o menino sucumbiu à dor da perda para então aprender a conviver com ela. Hoje tem até fã-clube, só que acha isso meio desrespeitoso. Onde já se viu gritarem seu nome e lhe proporem casamento durante funeral alheio? Temos de aceitar que seus pais o fizeram homem bonito, de charme fundamentado no mistério, voz rouca e profunda, e ainda com bom gosto musical. Não à toa, sua agenda vive lotada. Por isso, e porque as pessoas têm de morrer. Coloca-se distinto aos pés do morto, entoando nome e sobrenome do finado, como se recitasse haicai. Então, começa a cantar a música preferida do dito, enquanto a esposa do coitado só pensa em não desperdiçar a oportunidade de pedir um autógrafo ao famoso cantor de funeral.

rótulos
o seu olhar não me decide

A senhora do lar

Faz tudo com delicadeza. A mesa posta, as roupas bem lavadas e passadas, os brinquedos organizados com competência. Parece não haver crianças vivendo na casa. Recebe as pessoas com cortesia e conhecimento de graduada em etiqueta. Eles a elogiam pelo requinte, por cuidar de todos e de tudo, sem reclamações ou contestações, com devotada dedicação. Não se permite descuidos e mantém os cabelos alinhados, a figura impecável de quem está no comando... de que mesmo? Dá-lhe um branco, no qual se perde a resposta que ela deveria oferecer à pergunta do convidado, que estava pronta, mas não saiu. A mulher recebe olhares curiosos sobre esse deslize de não ter resposta para o óbvio. Tilintares dos copos soam gritantes em sua cabeça. Gargalhadas são como unhas rasgando a carne das paredes. Quer que os sons se calem. Foge da sala de jantar feito espiã escolada em saídas estratégicas. Tranca-se na despensa. Abraça uma caixa de sabão em pó, enquanto tenta se lembrar do motivo de ter se tornado quem se tornou.

A escolha

Os pais não se conformam com o destino do filho. Quando ele era menino, insistiam para que escolhesse um caminho e, se o seu coração estivesse naquilo, que seguisse em frente. Ele o fez: escolheu e seguiu em frente. Hoje, seu grande desafio é lidar com os pais, que, com o passar dos anos, tornam-se cada vez mais avessos à escolha dele. Mas não era o desejo deles que o filho descobrisse algo tão importante em sua vida que seria impossível ignorá-lo? Não entende a relutância deles em aceitar a sua escolha, também sua vocação. É difícil percebê-los distantes ou mesmo tristes diante de suas conquistas. Ele escolheu e seguiu em frente. Contudo, seus pais não aceitam a única exigência feita e atendida por ele. Acreditam que o filho não merecia esse destino. Quem sabe um dia, valendo-se de sua escolha, ele descubra a cura para o câncer ou outra doença. Quem sabe, dia desses, a ciência valha tanto para eles quanto um Deus ao qual ele não consegue se conectar.

Celebrity Student

E se desse apenas uma rasteirinha? Bobagem, traquinagem básica, nem as mães dariam atenção a isso. Já tomou tantas, por que não devolver algumas a eles? Mesmo com uma raiva desmedida a borbulhar dentro dele, as pernas bambas se sobressaem. Permanece no canto do pátio, tentando se desviar dos olhares e planos daquela turma que ignora História, Geografia, Língua Portuguesa, mas é escolada em ferrar com aqueles que não batem palmas quando o grupo passa. Virou um negócio de *celebrity student*, que ele nem sabe o que significa, mas coloca arreio inclusive no diretor da escola. Mas quê? Ele jamais baterá palmas para o Jotabê, o dono da cambada, o boboca de onze anos e meio que pensa ter quinze. Tudo bem, ele tem altura de um de quinze, mas é moleque de onze e meio, pronto e acabou. O grupo se aproxima e ele se amiúda ainda mais. Quando crescer, vai se vingar, tornando-se diretor de escola que coloca *celebrity student* de castigo. Mas não é hoje o dia em que ele se livrará do Jotabê. Lá vem...

Rotina

Despertador toca e ele estica o braço para desligá-lo, mais dormindo do que acordado. Com preguiça, senta-se na beirada da cama, passando alguns minutos ali, olhando para os pés, pensando na vida. Uma hora depois, está a caminho do trabalho. Dez horas depois, está de volta do trabalho. Toma um banho rápido, tem de economizar água, prepara macarrão instantâneo, senta-se à mesa para o jantar. Vinte minutos depois: sentado defronte à televisão, assistindo ao seu programa diário preferido. Não é telejornal, cansou-se das tragédias anunciadas como campanhas publicitárias. "Cento e quarenta e sete morreram. Não há sobreviventes. Os passageiros de quase todos os voos da XXX Airlines cancelaram seus bilhetes. Depois da terceira queda de avião da XXX, a ZZZ Airlines aumentou em 68% o seu faturamento". É *sitcom* mesmo, prefere dar algumas gargalhadas. Duas horas depois: cama. Seis horas depois, o despertador toca e ele estica o braço, ainda sonolento...

Um mil e vinte e oito

Afronta-lhe os sentidos pensar sobre os bilhões de pessoas que habitam o mundo. Confunde-o a percepção de se ver mergulhado em solidão, enquanto bilhões vivem no mesmo mundo que ele. O conhecimento que a vida lhe ofereceu não é irrisório, sabe muito a respeito das estrelas, e dos planetas, idem quando se trata de eclipse. Há exatos um mil e vinte e sete dias, ele não sai de casa, quase nunca, do quarto. Pela internet, trabalha, recebe pagamento, compra comida, lê livros, escuta música. Com seu telescópio de última geração, cutuca o universo com o olhar. Bilhões de pessoas, suas mazelas e predicados. Observador atento, com tal qualidade potencializada pela tecnologia, ele se esmera na tentativa de se conectar ao outro. Apesar de se orgulhar de ter se tornado uma testemunha do universo, pessoa capaz de compreender tão bem o que, não raro, é incompreendido, a cada dia fica mais difícil alimentar a lembrança de um abraço. Clique... Um mil e vinte oito.

Bailarina

O pai lhe pede: não sonhe exagerado, é arriscado. Melhor passar com tranquilidade pelo mundo. Ela sorri macio e se nega a atendê-lo. Logo cedo, mostrou-se curiosa sobre tudo o que leva ao movimento. A inquietude da menina preocupa os pais, incomoda os irmãos, agonia os avós. Tornou-se a melhor bailarina da escola de dança do bairro. Sempre que borrifa no corpo o perfume de frutas vermelhas, coloca a faixa encorpada nos cabelos, enfia-se no tutu cor vermelho granada – presente da tia, que ela acredita ter mais de duzentos anos –, sente-se pronta para movimentos suaves, resultado da persistente necessidade de resistir à facilidade de desistir. Para o pai, ela é a prova de que a vida pode ser deveras complexa e não se refere à sua alergia ao cacau. Não a entende, mesmo quando a necessidade dela é de colo. A mãe sabe: se é assim aos sete anos de idade, ela vai virar o mundo ao avesso quando não puder mais chamar professora de "tia". Suspiram os pais, os irmãos e os avós. E a menina? Sorri.

Débito

Desiludida, anda para lá e para cá, arrastando os pés no chão gasto e passando sermão em si mesma. Quem a assiste, espectador despudorado, garante que as cenas do próximo capítulo serão de deixar esse personagem principal em maus lençóis. Desalentada, revogaram o seu direito de ser de acordo com os autos, o *quem* de fato ela é, ou seja, a mistura da autoria de Deus com patrocínio da genética. Criaram um bicho impossível de se decifrar, alguns dizem ser digno de extinção. Nesse dia seguinte ao vencimento do pagamento para garantir direito de continuar sendo, ela não tem permissão para ser, de acordo com o definido por protocolo, bula, revista, postagem ou algo assim. Produto impossível de ser quitado com aplicação de multa, juros e certa crueldade alheia, personalidade que ainda não apareceu um sujeito capaz de moldar. Não há como pagar a conta para ser essa pessoa que não cabe na explicação formalizada. Para sobreviver, perdeu a data de vencimento, que fazer? Respira fundo, e antes de se juntar ao rebanho, sorri. Um último sorriso, antecedendo o momento em que seu ser será tragado por padrões, por tudo que é reconhecível de imediato, o assimilado com facilidade. Antes que ela deixe de ser e passe a existir feito enfeite, identidade isenta, arfa em segredo.

O gênio

Folheia livros, às vezes um, outras vezes, tantos. Díspares temas, todos deitados sobre a escrivaninha. Antecipa em vinte e cinco minutos o relógio, nunca chega adiantado. Engana a si mesmo por mais vezes do que deveria. Nele se misturam o inventado – de acordo com o definido pelo universo – e o verdadeiro. Roga a Deus para jamais o belo ser definido. Tem ojeriza às definições, sobretudo as que limitam as variações sobre o belo. Ele mesmo foi definido insípido, certa vez. Tantas centenas de tempo depois, eles o definiram gênio. Que genialidade é essa, reconhecida enquanto ele se sente um tolo às voltas com excentricidades? Como gritar alto, bem alto, só para evocar o eco, deleitar-se com ele. Esconder o livro preferido, para ninguém mais ter aquele exemplar, roçar a pele das paredes, em busca de estrias de lembranças. Modestas pistas, salutares tormentos, providenciais abismos. Vida, para ele, é labirinto, tudo se enverga em reverência ao indefinido. O gênio do desarrimo.

Nu

Observa seu reflexo no espelho. Menina, imaginava a vida menos complicada. Tira o chapéu. Hoje entende o "quando você crescer..." que os adultos adoram mencionar. Ela mesma já o disse, mas se arrependeu e emendou: quando você crescer, cresceu. Tira a maquiagem, sabe que suas escolhas influenciam nas experiências vividas. Tira a blusa, deseja mais do que mostram as revistas e a televisão, do que pregam o modismo e a incapacidade de alguns de compreender a beleza que há na diferença. Tira os sapatos, não é fácil encarar o mundo na crueza de quem se é, mas ela se compromete consigo mesma. Está na hora de um bom exorcismo. Não teme encarar desafios e sim abandoná-los. Tira a saia. "Diante do espelho", como profere uma bela canção, ela "aprimora o seu sossego". Solta os cabelos. Observa o próprio reflexo desnudado do que outros julgam torná-la palatável aos seus olhares. Mas quem a encara, todos os dias, é ela mesma. Veste a camiseta, enfia-se no jeans, calça as sandálias. Com a alma acomodada no corpo, segue seu caminho, porque o dia a espera.

O inventor

A certeza de ter nascido para jamais se amiudar diante da vida rege a sua existência. Menino tímido, sofreu o diabo para dividir com os poucos colegas as suas ideias, as que o tornariam um grande inventor no futuro. O futuro chegou mais rápido do que o desejado, porque se tornar inventor era um projeto que tomava muito espaço na sua cachola. Dentro dela, inventava de tudo, deixava suas fantásticas invenções prontas, mas a agenda andava cheia: reunião de trabalho, tempo para Deus e os filmes em preto e branco, para o livro sobre caleidoscópios, o jantar com os pais, o beijo molhado da moça-vizinha. Distrair-se era fácil, mesmo assim, ele inventava sem parar. Às vezes, ficava com dor de cabeça de tanto inventar. Até quando, apreciando a fumaça escapar da xícara quase transbordando café, ele inventou uma desculpa para deixar de ser inventor. Seus pensamentos se aquietaram, sorriu aliviado, sentindo-se um inventor desinventado.

Sim

Entredentes, declara, a voz desprovida de ritmo, *sim*, por que não seria *sim*? Talvez porque o *sim* lhe escape entredentes, a voz embrutecida por ritmo afirmativo ecoando enquanto o *não* está aos berros dentro dela. É tradição, repete a si, servidão, anuncia a si. É cultural, entoa o mantra, escravidão, engole seco. *Sim*, ela diz, e sorri o sorriso dos que não têm escolha, imaginando como será sua vida neste aceite. Enquanto outros definem seu caminho, seu espírito – esse desavergonhado! –, ela abraça a liberdade, viaja para longe. Sorri copiado, atuação de aprazimento. Alguém a escolheu por atender às demandas, mas nunca aos próprios desejos. Por fora, é apenas mais uma a se curvar à tradição, à crença, à cultura na qual nem mesmo acredita. Por dentro, nunca saberão que vive livre, como jamais viverá na realidade que a transforma em moeda de troca e a torna servil aos desejos que não os dela. Não os dela.

O intervalo

Desculpe, mas hoje ela acordou às avessas. Não penteou os cabelos ou escovou os dentes, nem mesmo a roupa trocou. Espreguiça-se, deitada na cama, jurando – com juramento juramentado – que não a abandonará no dia de hoje. Embarca na imaginação em pleno horário de almoço. Tentam arrancá-la do exílio, mas a porta trancada se mostra um efetivo impedimento. Não adianta gritar do outro lado, porque ela decretou que hoje escutará somente o que lhe apetecer, como o disco que, já desperta, ela coloca para tocar, volume nas nuvens. Dança até se cansar, alimenta-se de sentimento e de vista da varanda. Embebeda-se da ausência de outros, aqueles a quem serve sob o comando do amor e vivem a tentar defini-la. Adormece, embrenhando-se nos cabelos da quietude e decidida a exercitar o seu direito ao adultério imaginário. Amanhece com o despertador a atormentando. Por alguns instantes, resiste a abrir os olhos. Abre os olhos e se levanta. Lá fora o mundo gira; dentro dela, expande-se.

Morosidade da culpa

O fato de sua mente trabalhar em ritmo mais ralentado do que o da maioria, e ele enxergar a vida de uma perspectiva nada convencional, a mãe garante que é defeito de fabricação. Ela confessou à amiga achar que tinha a ver com o momento da concepção, que, naquele dia, justo nele, ela e o marido se renderam à luxúria que os levou a gritar feito loucos no quarto de motel lá da Rua Três. O pecado daquela devassidão ela acredita ter pagado ao gerar um filho meio aluado. Não que ele seja parvo, mas tem um jeito outro que ela não sabe definir. Tornou-se um homem trabalhador, apesar de ninguém se atrever a lhe assinar carteira. E a mãe, já cansada de arcar com os danos de seu despudorado comportamento, vive a tentar melhorar o que, para ele, é do jeito que é, atenuar o sofrimento que ele não sofre. Faz de tudo na tentativa de aplacar a culpa que nunca foi dela. Não compreende que a culpa faz isso, desvia o afeto, cala a felicidade, cria distâncias.

O fim

O processo é difícil. O fato pode ser cristalino, mas há quem fuja da verdade, porque, às vezes, ela chega como se fosse um faqueiro de aço inox caindo nos nossos pés. Veja bem, não tenho vocabulário refinado para descrever incômodos. Falo comigo mesma e se você me escuta, a escolha é sua. O lenço cor de salmão já amparou muitas das minhas lágrimas de ontem e de hoje. O aroma de feijão queimando, vindo da cozinha, não é capaz de me tirar daqui, da sala, onde a televisão ecoa informações sobre as baixas temperaturas no Sudeste e o vento se esgueira pela janela entreaberta. As flores vermelhas no vaso sobre a mesa de centro, murchas, feito a minha pele. A película protetora se separando do sofá, devolvendo a ele a cor sem filtro. A panela de pressão faz lembrar minha mãe gritando, lá do quintal: vai explodir! Que se exploda, então! Porque, desta vez, a persistente aceitação não para de gritar nos meus ouvidos o pouco tempo que me resta, no qual não cabe a realização dos meus desejos.

Gaveta

Não sabe há quanto tempo está na mesma posição. Dedo enlaçado no puxador da gaveta entreaberta, revelando um pouco, mas não o necessário. Há nada de especial ali. Ela apenas a abriu, talvez em busca de grampos, pois seus cabelos desgrenhados precisam ser domados, de acordo com uns e outros. Esmalte? Porque suas unhas fracas precisam de disfarce, para não incomodar o olhar dos outros. Batom? Seus lábios são mirrados e precisam de cor. Falta a ela energia para abrir ou fechar a gaveta, enquanto as palavras dos outros ecoam em sua cabeça, provocando um cansaço que parece infinito. Perguntou aos pais o motivo de eles a terem trazido ao mundo assim, sem valor. Eles começaram a chorar por não conseguirem, mesmo declarando vigoroso amor pela filha, convencê-la de que, sim, ela tinha valor e um papel nesse mundo. E ali, o dedo enroscado no puxador da gaveta, a boca entreaberta, o olhar embaçado, a respiração ralentada, observa-se no espelho e enxerga ninguém.

Vendedor do mês

Não se sente tropical o suficiente para sobreviver ao sol escaldante. É estrangeiro na terra do calor e das risadas, prefere sorvete de baunilha e uma sombra em canto disponível. Prefere o silêncio às notas vibrantes da rumba ou de seja qual for o ritmo a ecoar, em bom volume, pelo salão. Eventos da firma vêm em tons que não o acomodam. Durante os tais, sempre se sente como se fosse incapaz de sobreviver até o final da festa. Ganhou um bônus considerável pela venda de um lote encalhado de capas para celular personalizadas com defeito. Erro na prensagem de um logo famoso, que perdeu valor com a ausência de um "r". Ficou conhecido como o vendedor que desencalhou o erro, sem perder um centavo do valor original do produto. *Gol*, gritaram, quando ele confirmou a venda. Saiu da reserva e foi para o campo esverdeado dos vendedores da primeira divisão. Remói ter usado o bônus para pagar a estadia daquelas capas para celular amarelas com defeito, que hoje vivem no porão da sua casa

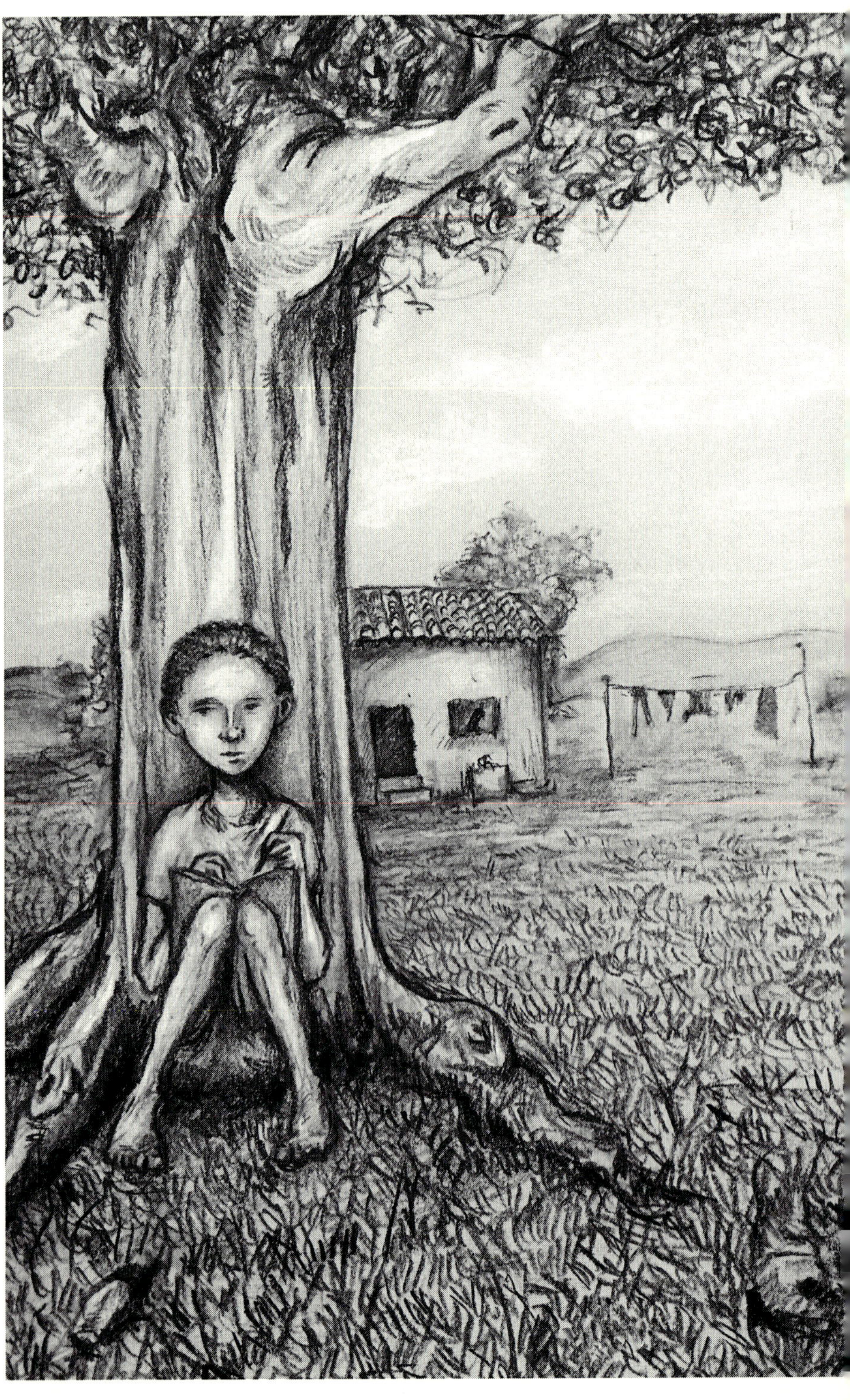

aos nossos afetos
que haja amor mesmo enquanto dure a dor

Carma

Leram sua vida passada. A partir dali, agarrou-se à certeza de que ter nascido em um corpo dedicado a castigá-la era carma. Dívida adquirida em outra vida, quando era desprovida de escrúpulos, pessoa incapaz de um gesto de benevolência. Aceitou ser merecedora das armadilhas arquitetadas por seu corpo, que a mantinham condenada à solidão, já que sua saúde a desqualificava para o posto de boa companhia. Ela não fazia bem aos olhares. Apegou-se ao desejo de saldar essa dívida, para então voltar em uma próxima vida, em forma digna de benquerença; um corpo próprio para hospedar vitalidade. Então, aconteceu. Alguém disse e ela escutou. Fez mais do que escutar, assimilou. Antes tivesse apenas assimilado: aceitou. Por consequência, desacreditou em Deus. Também descartou a possibilidade de vidas passadas e milagres. Abandonou as únicas desculpas capazes de ajudá-la a lidar com tamanho sofrimento. Restou-lhe a verdade em sua crueza. Não conseguiu nem mesmo mandar tudo para o inferno, já que nele também não acreditava mais.

O dentro

Em boca fechada não entra língua. Falta música no recinto. Ao desejo se oferece tímida liberdade, creditando a ele o rótulo de pecado. Corresse pela sala na rapidez imaginada, levantaria a saia do pudor para lhe espiar as partes menos tocadas por olhar ousado da espontaneidade. Faria festa no funeral da intolerância. Revisaria certezas. Tudo se passa no seu dentro feito espetáculo no palco. Fora de si: quietude indigesta para controlar rompantes diante de declarações dos que temem a felicidade. Gente que teme a felicidade lhe dá nos nervos. Tudo muito correto, a ausência de texturas, ambiente equivocado com cortesia, controle total. No seu dentro trafegam histórias vividas sem o conhecimento de qualquer alguém. Enquanto escuta discursos sobre o nada, o tudo lhe acontece: deslumbramentos e vontades tantas. Como não imaginar como seria se conseguisse externar seus abismos e delírios, seus acontecimentos internos? Por certo, abriria a boca, convidaria língua para entrar e dançaria – a música em escândalo de tão alta – até o amanhecer.

Coisas de saudade

Gosta de longos passeios noturnos, em tempo fresco, depois de uma taça de vinho de aroma frutado. Contempla a cidade e seus cenários gastronômicos e tragicômicos, salpicados de abandonos diversos: românticos, semânticos, musicais. Sente saudade das noites como espectador de shows acontecidos em espaços quase ignorados por completo. Pequenos lugares, escondidos e raros. Sente saudade dos sucos misteriosos, com aquela marcante nota citrina, e deliciosos, feito certos pecados provocados pelas obras da violinista de uma banda da casa de um desses lugares, nos quais ele não coloca os pés há tempos. Sempre a achou meio bruxa: o tênue – porém, marcante – brilho no olhar equilibrado por devaneios. Como se movia pelo palco, possuída pela música. Sente saudade da sua presença, por isso evita tais lugares. Ela desapareceu, deixando com ele algumas lembranças que repassa durante seus passeios noturnos. A cor palha da pele da noite enfeita a rua com seu tom de saudade anoitecida. Noite dessas, ele não voltará para casa.

Dinâmica do amor inexistente

Bebe dele as desculpas esfarrapadas. Aceita dela as frequentes desfeitas. Encontram-se na sala de estar para discutir pendências. Nunca foram bons com as verdades, nem mesmo as embrenhadas em sentimentos. Acontece de verbalizarem ofensas descabidas. Há o quando se toleram e o quando assumem seus papéis de antagonistas. Apreciam-se no não verbalizar o que sentem, porque nele é admissível abrandar o outro. Amam-se à distância, assim é possível ignorar o que os irrita um no outro. Permanecem juntos, cada um no seu abismo. Soletram prioridades vazias e decoram frases com as quais se movimentam por uma rotina relapsa. Há dias em que se encontram nas decisões compartilhadas, em outros, nas urgências tecidas pela vida. Não que falte afeto. Não que falte respeito. É que entre eles sempre esteve o vazio. Apreciam com intimidade a ausência um do outro. Seguem sendo quem não são em benefício de ninguém. Gastam vida na conexão que nunca tiveram. Quase sempre, sentem saudade de quem nunca foram juntos.

Sobre celebrações

Nasceu em dia de tragédia de se propagar pelos noticiários do mundo, que não aconteceram aos conhecidos de sua família. Ainda assim, a compaixão era de quem perdera um familiar, um amigo. Anos depois, quando já entendia melhor dos assuntos da vida, explicaram a ele que o acontecido foi tão grave que não havia como festejar qualquer celebração nesse dia, por isso deslocaram o aniversário dele para o dia seguinte. Comemorou o aniversário de um ano no um ano e um dia depois de nascido, e assim por diante. No dia do seu vigésimo quinto aniversário, alugou um quarto em um hotel barato, levou guloseimas e drinques, fez festa sozinho. Sentiu-se inteiro ao celebrar nascimento no dia em que nasceu. Ao sair do quarto, feliz como alguém a reaver a si depois de ter sido privado de identidade, a consciência lhe entortou o espírito. Sentiu-se desrespeitador de tragédia. Pagou penitência e jurou nunca mais cometer tal ato. No ano seguinte, vinte e seis anos, alugou um quarto em um hotel barato...

Entre amigos

Falam quase ao mesmo tempo, disputando a vez. Na sua cabeça, os assuntos são outros, por que não consegue se alinhar aos deles? Há vida ali, histórias, há afeto. Por que não é capaz de apreciar a coleção de palavras que enredam uma conversa entre amigos? Talvez saiba que muitos desses assuntos são versões da realidade e ande apegado a ela com alguma crueldade, saiba que os sorrisos não são forçados, mas se debatem entre preocupações e desapontamentos. Por que não se encontrar com os amigos, tarde de domingo, para ficar em silêncio? Ele diz muito, às vezes, tão mais. Permite ler o outro: rugas, olhares, gestos. Alguém entrega uma graça, sorri, não forçado, mas para caber no apreço do outro, pois isso o fará feliz. Alimentar a felicidade do outro não é fácil, sentir-se feliz também não, e só lhe resta tentar, sempre que houver uma oportunidade de fazê-lo. Então, por que não podem se encontrar aos domingos, à tarde, para se sentar em seus cantos e chorar suas mágoas? Juntos, sempre. Silentes.

O bilhete

Tira do bolso um bilhete e o lê, com atenção, seu semblante se modificando, como se nele se esculpisse o sentimento. Quantos anos? Vinte, e ainda se lembra das gentilezas cometidas em nome do apreço que ela sentia por ele. Ninguém jamais o tratara de forma tão terna. Pena ele ter levado tanto tempo para compreender isso. Então, recusou tais gentilezas, com educação, sem perceber que, ao renegá-las, não havia polidez capaz de sublimar a tristeza que ela sentia. De todos os agrados que recebeu, o bilhete foi o mais marcante, cuja entrega ela deixou nas mãos do destino, que o fez encontrá-lo ao folhear um dos livros que ganhara dela de presente. Ele se encantou por ela, anos depois de ela ter se mudado de cidade, de ter desistido de se fazer perceber por ele. Esse bilhete de destinatário desatencioso às nuances da ternura sincera, poucas palavras e muitos significados, o faz sentir saudade de tudo o que poderia ter vivido e não viveu. De quem poderia ter sido e jamais será, não ao lado dela.

Das pausas

Eles o observam com espanto e um dó afiado. Alegria? O dó é mais sonoro. Decide enfrentar a situação e se levanta da cama, caminha até o banheiro. Eles o seguem, negam-se a perdê-lo de vista. Os seus olhos encontram os daquele refletido no espelho e o ar lhe falta. Não se reconhece, mas está lá. A ciência em nada amaciou a aspereza da verdade. As lembranças o visitam, enquanto ele desliza as mãos sobre as faces. Acabara de se tornar pai de uma menina linda. Ela dormia em seu colo como se os braços dele fossem o mundo. A esposa chora ao lado do marido que não é ele. Os primos estão mais curiosos do que espantados. Pelo reflexo do espelho, assiste a ela se aproximando. Ela segura a mão dele e sorri. É uma mulher linda. Ele cai no choro de homem que se ausentou por mais de duas décadas, enquanto a vida acontecia. Ela o chama, "pai", e ele se entrega ao abraço dela. É a primeira vez que escuta a voz de sua filha.

A partida

O vestido encomendado, com zelo de quem deseja com o querer intenso, e ainda lida com a espera ao toque da graciosidade. Tecido leve, de cor citrina, vestindo seu corpo com realização. Ela sabe, tudo irá se misturar: o aroma fresco da mudança escolhida, a elegante partida de quem já não sabe mais permanecer, os devaneios tropicais que vão além de matar a fome com frutas cítricas. Encara as conversas com despedidas necessárias, porém disfarçadas pela acidez equilibrada dos diálogos histriônicos que dão sabor ao acontecimento. Vento refrescante chega com a saudade antecipada. Um bom gole de vinho ameniza o pânico que a acomete. Aprecia um final de boca harmonioso, como se fosse capaz de definir próximos sabores de vida: longos. Parte sem se despedir. Os convidados continuam suas conversas e celebrações. Ela é da casta dos que partem sem dizer adeus, quando a partida significa recomeço.

Das rezas e chás

O avô benzia gente para livrar de medo, soluço, mau-olhado, falta de sorte. A avó cuidava dos chás que atendiam à diversidade do paladar. Era cada perfume de deixar o nariz dela feliz. Tinha para livrar de dor de estômago, cabeça e tristeza, para largar cigarro, coração partido, dar barriga. Ela gostava de alisar barrigas, pareciam luas cheias. O avô sabia rezar tão bonito. Ela entendia um nada daquilo, mas o jeito dele de pronunciar palavras – com pausa combinando com engasgo de sentimento – deixava os olhos dela cheios d'água. A avó tinha um talento bonito para costurar roupa de festa. Ela beijou menino pela primeira vez usando vestido requentado. Era da bisavó, de domingo, e a avó o tornou dela, no quando do beijo de sábado, acontecido durante a festa de Santo Antônio. Soubesse, teria decorado, com a ajuda do avô, umas palavras para rezar. Teria bebido o chá da avó, para amor descarrilado. Teria permanecido lá, no barraco de chão de terra batida, onde a felicidade acontecia para contrariar tristeza.

Ausência

A curiosidade é recorrente. Como será que as pessoas, acostumadas à sua presença, lidarão com sua definitiva ausência? Não é um questionamento autoral, acredita que todos esbarram nele em algum momento, mas quando acontece, o peso é o do ineditismo. É uma curiosidade existencial que invade todos os momentos de uma pessoa com a vida tão próxima do fim. Já acertou tudo, não há pendências, ao menos não das burocráticas. Cada filho receberá o que lhe cabe, assim como a esposa, companheira de uma vida, de alegrias e brigas sempre seguidas por sinceras reconciliações. O que lhe resta – porque a alma já se despediu dos seus afetos – é essa robusta curiosidade. É com ela que ele se levanta e vai se deitar. É ela que domina seus pensamentos, enquanto as pessoas à sua volta tentam confortá-lo. A sua vida foi longa e próspera, mas como será a sua ausência?

Coreografia

Foi avisada para caminhar cadenciado ou seu passo a passo poderia dar em dança, e, pelo jeito, ninguém está ali para assistir a um espetáculo. A menina segura a barra do vestido, de um lado e de outro. Ao encarar a diretora, recebe um aviso, olhar no olhar, para se comportar. Solta a barra do vestido, solta os braços ao lado do corpo. Sem coreografia, sem graça, observa as pessoas sentadas à sua frente, seríssimas. Questiona-se, calada: já que há plateia, por que não posso dançar? Dá uma reboladinha e a diretora solta um *quieta!* entredentes. A menina paralisa. Teme ficar sem o jantar por não ter se comportado como deveria. As pessoas que a diretora jurou que poderiam ajudá-la nem mesmo olham para ela. Quando o fazem, seus olhares e palavras a assustam: *ela é muito agitada e velha, ninguém vai querê-la*. A menina sorri, porque hoje ainda não é dia de ser adotada. Vai dar tempo de correr até o salão de brincar para dançar, mais uma vez, antes da sua prometida vida nova.

Coadjuvante

Nasceu colaborador, faz a vez de figurante, quase sempre. É responsável por anunciar desfechos por ser considerado, em segredo, aquele que o faz com talento para o arremate de sutileza. Passa despercebido, mesmo ao interpretar entregador de deixa durante virada decisiva de trama complexa. É assim que funciona a sua existência como coadjuvante. Passa pelas pessoas enquanto a vida reage a ele, deixando claro que é dispensável escrever um grande enredo em sua homenagem. Coadjuvante de cachê mísero, de mudez obediente, de presença necessária. Colaborador de destino alheio, influencia e contribui com a existência do outro, evitando se fazer perceber, a ponto de nunca ser considerado importante. Mas nem se atreva a pensar que ele não mereça consideração. O destino há de lamentar não ter lhe dado atenção. Não o julgue, não o envolva com seus tons de severidade. Ele não é pessoa que faz nada à espera de ter o tudo como recompensa. Ele ser coadjuvante na sua própria história tem garantido que muitos se tornem protagonistas de suas biografias.

Esperança

Seu coração há tempos bate em descompasso. Deram-lhe cinco, seis meses no máximo, mas por aqui ele continua, e já se foram quase dezessete anos. Quando soube que morreria tão jovem, foi acometido pela sensação de ter sido desprezado pelo universo, nascido para servir de descarte. Rebelou-se, largando a faculdade prestigiada e o emprego bem remunerado. Jogou-se à vida com lascívia e desespero. Deu de experimentar de tudo um pouco, e, disso e daquilo, o excesso. O tempo passou, o dinheiro sumiu, o interesse pelo risco esvaneceu. Aderiu aos empregos temporários, para não ocupar lugar dos que tivessem uma vida inteira para ganhar a vida. Aprendeu que temporário também pode ser a benquerença, que em tempos de efemeridade doendo na carne, ele só fez abraçar a solidão. De certa forma, morreu há dezessete anos, restando-lhe engolir, com um pedaço de anteontem, o fato de que, ao perder a esperança, rejeita-se a possibilidade de o universo voltar atrás.

Nem todos os sonhos são ensolarados

As férias sempre são na casa da praia, ao lado dos pais e dos dois irmãos. Mesmo sem direito a escolha, por ser criança e ter de obedecer ao receituário da programada diversão, percebeu que sonhar é um possível agradável. Assim, folheia a brochura da agência de viagens, moradora da mesma rua de sua casa, com o mesmo prazer com o qual algumas senhoras do lar folheiam as revistas de quinquilharias, repletas de promessas de facilitar a vida doméstica. Exposta ao sol, pés revolvendo areia, óculos escuros da mãe, ela escuta a bagunça dos meninos, a diversão deles é aporrinhar um ao outro, e as gargalhadas miúdas dos pais, que ainda hoje são dados à namoração. Os sons se calam quando ela, na companhia dos seus devaneios, viaja até o lugar escolhido como destino, não das férias, mas da vida. Nada contra o sol, mas sua alma pede a melancolia das chuvas, de vez em quase sempre. Fecha os olhos para acessar aquela fotografia da brochura da agência de viagens. Seus pais nem imaginam, mas quando tiver idade, vai se mudar para lá, de preferência, para um castelo cercado por água e silêncio.

Ao deus-dará

Filho de não sabe quem, o parido ao deus-dará caiu no mundo de cara, ele sabe. Escutou a avó de alguém comentar: filho de ninguém tem a vantagem de não dever benção a quem seja. Beijou-lhe a mão, naquele dia. Aguaram-se os olhos da mulher, andava carente de afeto. Ele acredita em bênçãos, mesmo cometendo pecados; é adepto do afeto. Acredita no sonho recebido quando moleque, por isso aguarda o anjo que entrará em sua vida para mudar desfecho. Assiste tevê na casa do amigo, que logo cai no sono, mas ele não. No meio do filme, o anjo vem. É profundo o desapontamento ao perceber que o desfecho trazido pelo anjo não é para ele, mas para o filme. Apesar disso, acha o anjo mais lindo do que no seu sonho. Na figura dele cabem seu desejo de sobreviver à própria sina e o medo de que isso não aconteça. Agridoce, ele sorri de mostrar os dentes, porque quem vem ao mundo ao deus-dará, não abre mão de celebrar milagre, mesmo quando o milagre não lhe pertence.

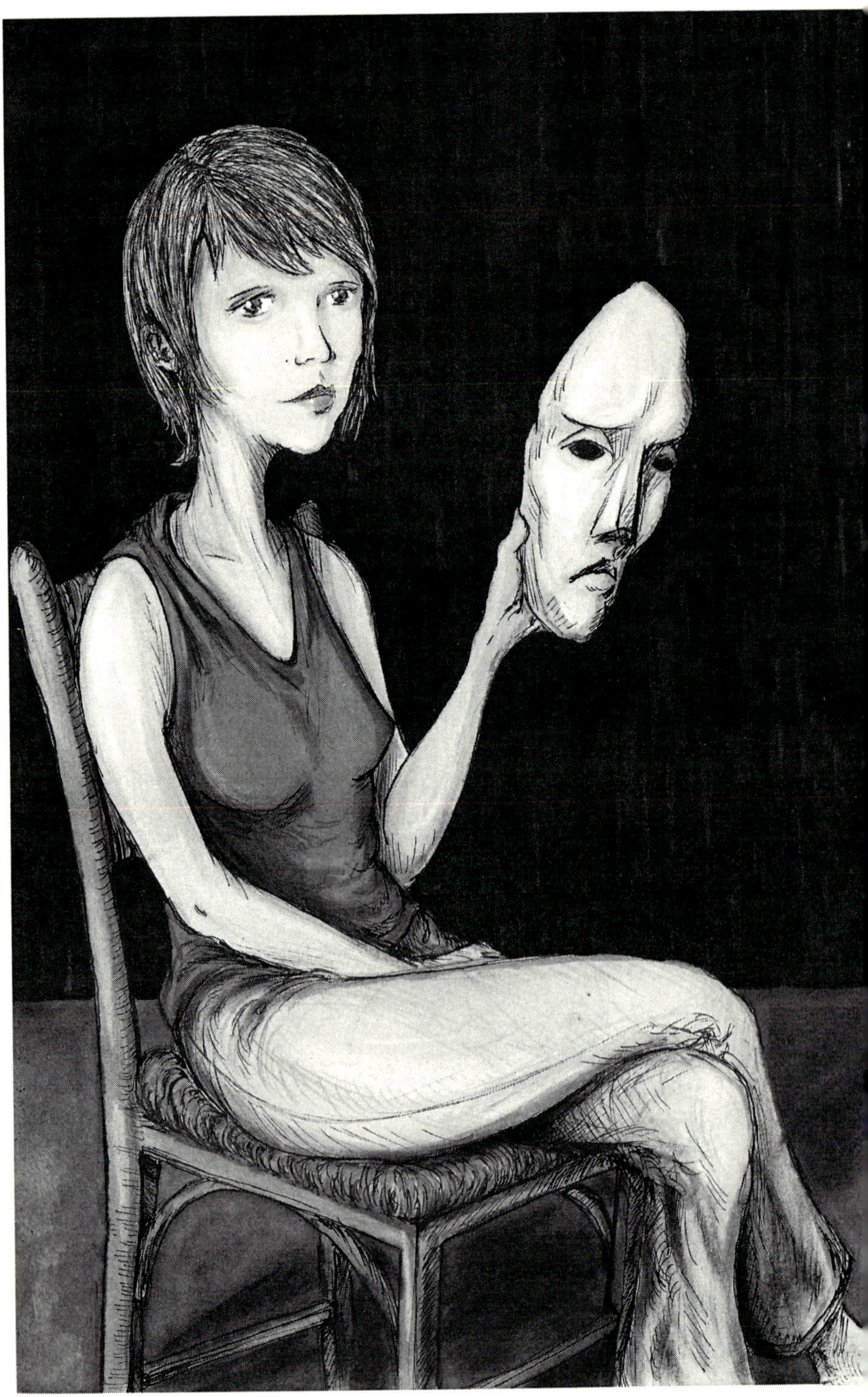

quem é o quem sou?
ser você não é tarefa do outro

A felicidade me enganou

Já foi libertário, panfletou sobre assuntos polêmicos, berrou sua crença e perseverança. Discutiu a felicidade com a mesma paixão devotada aos ideais. Acreditava que a felicidade era prisão disfarçada de oferenda da boa sorte. Em nome dela, muitos agonizavam em mil parcelas disso e daquilo, em relacionamentos que nasciam condenados à frigidez emocional, e os envolvidos desempenhavam o papel de satisfeitos que a felicidade baseada na necessidade do melhor, do mais pomposo, exigia. Odiou a felicidade por muito tempo, até conhecê-la na intimidade do beijo e na maciez da pele da moça, sobre quem panfletou com paixão, amparado por sorrisos que lhe escapavam, assanhados por rebeldia, intimidando seu discernimento. Decidiu dividir a vida com ela e lhe comprou, em intermináveis parcelas, casa, carro, móveis, roupas, comida. Banca o satisfeito, mesmo quando a moça o ignora, porque teme – prisioneiro que é de tal presença – que ela o deixe a sós com a felicidade intranquila, até que só lhe reste engolir o vazio.

Namastê

Agradece ao silêncio alcançado em momento de desassossego berrando exigências, oferecendo ao descontrole o controle da sua sanidade. Amém ao solilóquio da esperança, que apesar de parecer frágil, mostra-se de força voraz ao inspirá-la a se defender da enfática insegurança. Sente-se grata pela colheita de sonhos em época de estiagem de estima, quando corpo e alma não combinam, como se cada qual se escondesse em uma sala vazia. E que, aos encantamentos e barrancos – e os trancos que nunca faltam – acabam por experimentar a reciprocidade. Agradece ao milagre alcançado, ao cotidiano por permiti-la trafegar em sua tez, concretizando arrepios de contentamento à rotina. E que mesmo diante das dolências, da severidade da tristeza adquirida, ofereceu-lhe ensejos propulsores de gargalhadas e deleites, validando sua capacidade de amanhecer outro dia a cada dia. Amém à reverberação da delicadeza, mesmo quando o olhar endurece. Namastê.

Desencanto

O salto do sapato quebrou e a menina começou a chorar. Ele ergueu a espada, mas era tão pesada que preferiu se apoiar nela, como se fosse enfeite. As crianças alvoroçadas, narizes escorrendo, a funcionária esbaforida atrás delas com uma caixa de Kleenex. Depois de um tempo, rendeu-se. Não conseguiu alcançar nenhuma criança, cansada que se sentia por ter passado a noite confeccionando tecidos com as estampas preferidas da patroa. #cansada. Neste palácio, não há serviçais destinados cada qual à sua cada tarefa. É preciso ser faz-tudo de primeira linha, porque aqui se faz de tudo, aqui se paga: hospedagem e alimentação, pois os patrões são contra vale-isso e vale-aquilo, são a favor de saírem no lucro. À noite, a honrada rainha veste seu favorito De La Renta para visitar seu preferido faz-tudo. O rei se hospeda na cozinha, servindo-se de cerveja, até cair. A funcionária coloca as crianças para dormir. #calmante. *The end.*

Quando?

Não há o proibido. Lembra-se do que disse alguém, não se lembra quem, em uma canção, não sabe qual. Ensaiou para isso. Foram muitas horas a monologar, o olhar grudado na própria imagem exibida no espelho, olhar ensaiado para revelar verdade, desmascarar o que nunca imaginou ser revelado. De onde saiu isso? Porque veio estrangeiro, quase uma entidade a lhe tomar o corpo e fazer tudo ser sentido diferente. Como se tivesse se mudado de si para dar lugar a essa outra pessoa. Ela a flertar com uma coragem eletrizante, que insinua perigo. Pois até a palavra lhe dói de um jeito *nonsense*. Não sabia que palavra doía. Não sabia que doçura desandava, que saudade tinha garras. A ansiedade lhe entorta, hora de libertar as palavras confinadas nesse sentimento. Para diante dele, olhar dela engajado em lhe reconhecer o olhar curioso, para então lhe entregar uma declaração elaborada com esmero. As palavras querem escapar dela, arfantes e estabanadas. Então, ela as engole. Outro dia, quem sabe.

Graciosamente vil

É dela me arrancar do macio sossego de não me importar para me lançar ao abismo das ilusões esmagadas, dos retrocessos irrefutáveis. Quanto prazer em aumentar a temperatura das discórdias, contemplar o desespero dos outros. A beleza da crueldade a veste tão bem, com um requinte de consternar e encantar o observador. É provida, de forma mediana, de capacidade de sentir por outra pessoa um carinho mais encorpado. Prefere o enlevo temporizado, cada fase com período máximo de um tempo no qual caibam um breve esgar e um coreografado dar de ombros. Na boca, esconde palavras proferidas só em momentos catárticos, de quando o prazer vem em extrações suaves, no mais agudo da dor do outro. Usa a inteligência para estagiar por segundos em desesperos alheios. Seu corpo se esgueira em total harmonia com o incrédulo. Ela parece uma remontagem colérica de medos e anseios ancestrais estreantes em espetáculos inéditos, como se já não tivessem praticado, com sucesso, os seus estragos.

Adeus

Tranca a porta para deixar o mundo do lado de fora. Seu desejo é claro, apesar de dissonante: estar só no momento da partida. A predileção pelo "vou indo, antes que desejem que eu parta", ele aplicou a todos os aspectos de sua vida. Por isso as pessoas o acham interessante no ponto certo e de inefável sabedoria. Não é de dar espaço para decidirem por ele suas chegadas e suas partidas. Consegue perceber, sem esforço, por quanto tempo, por que e onde é bem-vindo; não impõe sua presença. Não há mistério nele, apenas lonjuras emocionais. Serve-se de uma dose tripla de uísque – batizado com seu tíquete de saída –, sentado de frente para o mundo de janela escancarada. Quando seu coração acelera, no ritmo de desfecho de biografia, ah, ele não deixa por menos, fecha os olhos e parte por escolha. Não é homem de deixar para os outros, nem mesmo para o destino, a função de assinar a carta de derradeira despedida.

Catarse

Espera que não a culpem por dançar na sala, descalça, nua, descabelada. Pouco se importa se a culparem por dançar pela casa, salaz, entoando cantos nem sempre amorosos. Há no seu endoidecimento uma genialidade transitória, e enquanto a habita – permitindo-lhe também desempenhar o papel de possuidora, vez em quando –, delonga o efeito das horas desperdiçadas em pensamentos vãos. Não há mais espaço nela para banalidades, para cárceres cultivados por preceito alheio. Suas urgências são criaturas deseducadas em nome da espontaneidade da felicidade em flor, em chamas, em tempestade. Seu corpo vibra em celebração aos devaneios descarados, que trata com a ternura oriunda da deselegância da verdade que a vida, enredada em amarguras, sopra-lhe na boca. A vida a faz engolir, sem direito ao engasgo, um desfecho em nome do desapego. Liberta-se, então, do pudor de ser o ser que lhe cabe, e se entrega ao mundo, descompromissada com a identidade imposta.

A fila

Esbarra na mulher que caminha à sua frente, na fila indiana de pés sendo arrastados e pensamentos carentes de conhecimento. Percebe-se no momento em que o coração dispara, o corpo treme, se engasga em um respirar fundo. O momento em que a invenção de alguém se torna realidade para muitos. Impossível não pensar se o inventor de fato está satisfeito com a sua cria, com a forma como ela cabe nesse universo. Tropeça na pedra, no tempo, no desespero, no outro, nas lembranças, em um silêncio algoz. Aonde o levará essa fila de pessoas apreciando a nuca umas das outras, como se a troca de olhares fosse pecado mortal? Imagina como deve se sentir o inventor de uma esperança ao vê-la sendo utilizada como arma, catalisadora do poder a servir com exclusividade ao seu dono e seus desejos deléveis. Pensa que, se tiver a consciência atinada, deve estar lamentando ter parido o fim ao imaginar um começo.

Desenredo

Sente-se como se o universo o tivesse privado de desfecho. Acredita que sem um fim, não há começo, tampouco meio que faça sentido. Buscou conclusão nos conselhos dos santos, daí descambou para a leitura do tarô, endoideceu. Anda dando mais crédito à vidência das moças do Hotel Dolores, onde gosta de encerrar a noite. Elas insistem que ele terá uma longa e proveitosa vida, contanto que deixe, sobre a mesa de cabeceira, antes da dança, a paga, nunca menos do que o combinado, só o mais é permitido, porque, sobrenaturais ou humanos, todos apreciam um extra. Ele decora palavras novas para sussurrar nos ouvidos das moças, explicando os sentimentos que fazem com que elas mereçam o significado que carregam. As moças suspiram falseado, declamam o permitido e o proibido. No final, ele volta para casa sozinho. Depois de uma noite de sono, tudo volta ao lugar, recomeça, apesar das palavras novas arrancando gargalhadas mesmas. Tudo se encolhe na sua insignificância, inclusive ele.

Movimentos

Quando menina, assistiu a um inventor na televisão. Ele falava sobre sua criação, a que mudaria o mundo. Desde então, inspirada pelas palavras do gênio, entoa o mantra, assim que acorda e antes de dormir, logo depois da oração: eu vou mudar o mundo. Não importa como, sendo ascensorista, cozinheira, diretora de agência de publicidade. Lavadeira, designer de joias, policial, escritora, editora ou designer. Dona de bar ou de carrinho de cachorro-quente. O que importa é que mudará o mundo de forma positiva. Coloca o pacote sobre a mesa da cozinha e começa a preparação. A casa onde vive foi de seus avós, depois de seus pais, e agora é dela. Despe o bolo do pacote, fincando nele uma vela para representar os cinquenta anos que está completando. Senta-se, acende a vela, fecha os olhos e entoa: eu vou mudar o mundo. Sopra a vela e então olha à sua volta, recolhendo o sorriso. O tempo passou assim, escasso em movimentos. Ela passou assim. Entristece de um jeito, porque tudo continua no mesmo lugar, inclusive ela.

Cinco minutos

Desliga televisão, computador, atenção ao burburinho lá de fora. Tira geladeira da tomada, desliga ar-condicionado e celular, desconecta o fixo. Fecha portas e janelas, tropeça nos móveis, porque não bate sol ali. Senta-se no centro da sala, posição de lótus, olhos fechados, coração batendo ligeiro. Escutou o guru dizer, enquanto estava na fila do pão: meditar ajuda a reduzir o estresse. Não conhece ninguém mais estressado do que ele, então deseja aquietar a ansiedade que sente a respeito de tudo. Um, dois, três... Quatro minutos, levanta-se, liga televisão e computador, escuta alguém resmungar lá fora. Liga geladeira, ar-condicionado e celular, conecta o fixo. Abre portas e janelas. Gosta do jeito recatado como a luz do dia invade sua casa. Senta-se no sofá, esparramado; sente-se falseado, porém, menos ansioso. Jura para si, entre um gole e outro de cerveja, que amanhã chegará aos cinco minutos, o que o deixa para lá de ansioso. Desliga televisão, computador...

Remanso

Ruídos sempre lhe atazanaram os sentidos. Sempre houve zunimento na sua cabeça, que muitos insistiam em panfletar, era oca. Oco mesmo era o sentido disso tudo. Quem lhe presenteou – em absoluto gesto de crueldade – com tais ruídos? Ele queria dormir, jogar-se ao mundo dos prazeres leves, de barulhos mais aprazíveis: canção cantada *a capella*, em quase murmúrio, risinho miúdo de criança em pleno exercício da traquinagem, sua pele roçando pele outra. Não houve médico que desse jeito nele. De menino doente, passou a adulto portador de enfermidade que ninguém conhecia, nem os cientistas, tampouco as benzedeiras. As pessoas falavam com ele, mais por curiosidade do que por interesse na sua pessoa. Com delicadeza, explicava que não conseguia entendê-los, porque os ruídos não lhe permitiam prestar atenção a ninguém. Não tardou para conhecer a mais absoluta e barulhenta solidão. Um dia, mergulhou no rio, e foi tão fundo, que os ruídos silenciaram. Não quis mais sair de lá. Silenciou-se.

E se...

dissolvesse na língua, feito pílula efervescente, inspirando olhos lacrimejantes e que um ou outro transeunte o observasse, sentindo-se de pronto desconcertado por sua incapacidade de consertá-lo. Conectasse seu árido espírito ao vaivém das cortinas em destaque de janela expondo vista muito mais proveitosa do que a oferecida por seu apartamento. Vista que não dá para a janela do outro, e sim para o mar ou para a imensidão do que parece infinito, porque não lhe interessa buscar fim. Sincronizasse seu anseio com o de outro, de um jeito a provocar um único desejo, o da construção. Construísse, então, o que deve ser concebido na singularidade da parceria. Dissolvesse na língua, feito sono para ser dormido e não mais acordado, vivesse um "para sempre" desconhecido. Fosse assim, ele navegaria em talvez e, quiçá, acordaria em tempo de compreender um mistério ou outro capaz de lhe inspirar o "e se..." em tempo de cometê-lo ao escolher outro caminho.

Variações sobre o tema

Todos os dias, senta-se na varanda para observar a vastidão à sua frente. Há anos fugiu da cidade e se mudou para o sítio com vista para montanhas, não para avenidas. O barulho dos carros fazia sua alma agonizar. Agora, escuta o canto dos pássaros e folhas remexidas pelo vento. Às vezes, durante a leitura de um livro, apaixona-se pelo som da página sendo folheada. Uma vez por semana, a vizinha de bem longe vem cozinhar para ele, deixando tudo pronto na geladeira; assim, ele tem apenas que aquecer e saborear. Cozinhar é a única coisa que ele se nega a fazer, tamanha a sua falta de talento para a referida arte. Deita-se cedo, porque gosta de pensar na vida antes de adormecer. Acorda no dia seguinte e faz tudo de novo. Não, não esse novo... o *novo*. Seu olhar se renova e seus ouvidos percebem outros sons. Acredita que não há nada mais valioso do que descobrir a si e ao mundo, dia após dia.

Retrato

Ninguém contou a ele. Ninguém o educou para encarar o fato. Ele aprendeu, sem a vida lhe poupar dos detalhes, que tudo tem fim, todos têm fim. Compreende que, em um mesmo dia, muito se acaba, muitos acabam, e que sentimento pode ser breve e afiado. Sabe que as pessoas podem ser rasas e desafiadoras, que nem todas têm a coragem de se render aos próprios sentimentos, tampouco mergulhar nos alheios. Ele é autodidata no sentimento, ninguém o catequizou, Deus, o diabo, outro ser humano. Assumiu-se cético, não crê no definitivo. Aprecia as variáveis, porém, é dos que confiam em seus afetos. Empatia é sua fraqueza, mas não se importa em sofrer por ela. Às vezes, pega-se a experimentar a dor em uma latência de escândalos, então chora e sorri sem embaraço. Não se envergonha de sua tristeza ou de sua felicidade. Envergonha-se por quem passa em branco pela vida, o que acredita ser a passividade mais assustadora que existe. Por essa escolha, a alma se amortece, ressente, sucumbe.

Escute bem

Quando criança, escondia-se em velhas barricas de carvalho estacionadas no quintal de sua casa. Adorava o aroma que morava nelas. O final da tarde parecia prolongado, em dias de visita dos primos. As brincadeiras inspiravam gargalhadas e traquinagens. Alguém sempre dava rasteira em alguém, só para rir do tombo. Alguém sempre acabava chorando, mas tudo se pacificava quando o avô chamava para a contação de histórias, lá no antigo depósito. As histórias eram um misto de verdade e ficção, mas ela sempre gostou de encará-las sem separações, uma terceira possibilidade. O avô adorava filosofar sobre a vindima, a colheita das uvas, misturando ao processo uma nova lenda. Às vezes, parecia que sentia nas mãos as uvas sobre as quais o avô falava, e, desengaçadas, pudesse engolir algumas para matar a vontade de sabor e aventura. Foi nesse imaginário que cresceu. Em profunda saudade, lembra-se do avô, da gentileza e alegria com que ensinou aos netos a delícia e o valor de saber escutar.

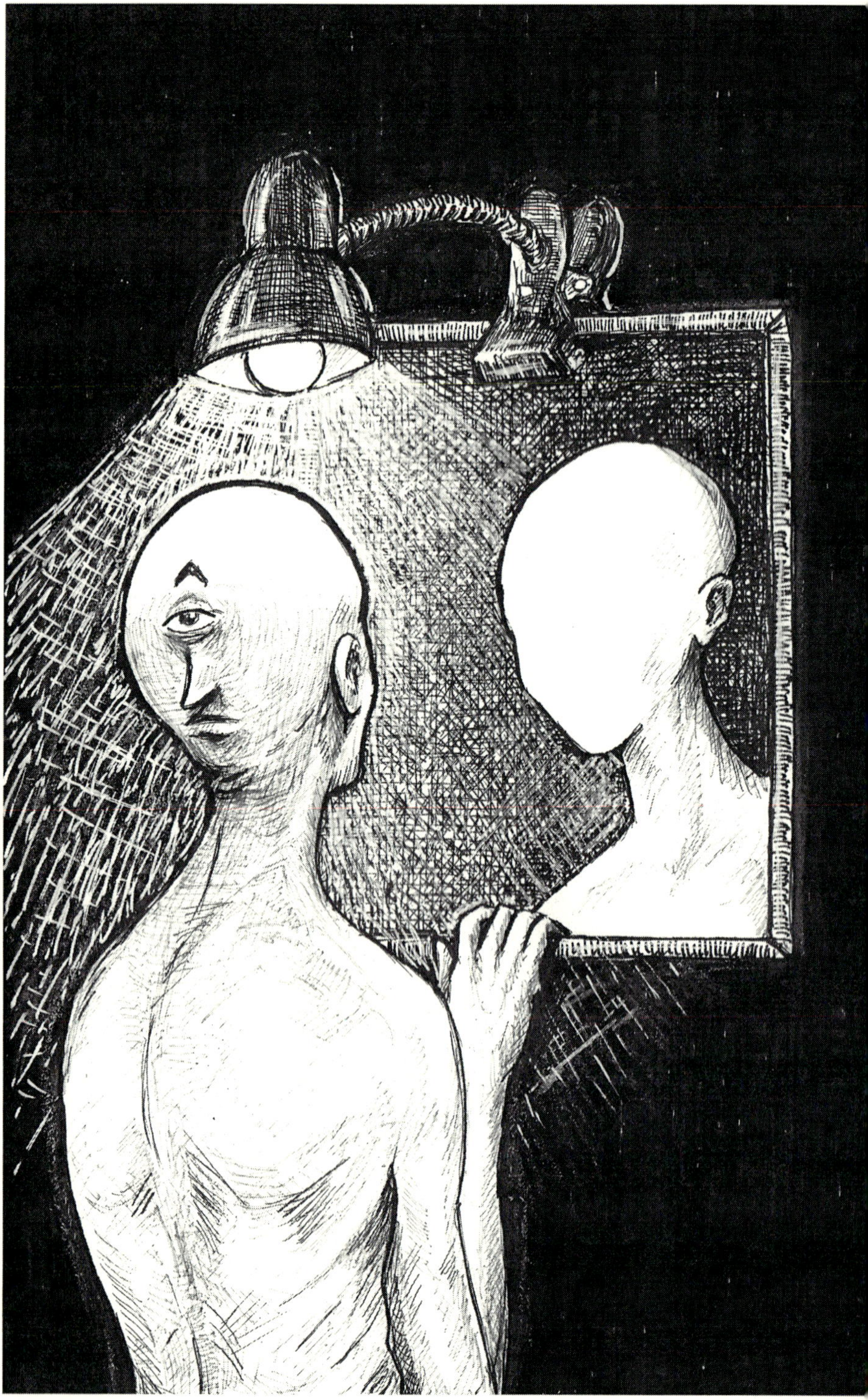

os vãos do amor
beijo na boca do coração partido

Esvaziado

Há um descaramento no olhar dela que desperta nele um alvoroço interno, que descamba em estremecimento. Tem nada a ver com devassidão, ao que ele está disponível. Vem com esse olhar a sensação de nunca ter sido observado dessa forma. Jamais um olhar o desafiara com tamanha espetaculosidade. Há algo oculto nele, não camuflado, sobrenatural. Há algo nesse olhar que lhe arrepia os pelos e confrange seu espírito. Por que não se apegar ao óbvio? Tem para si que seria proveitoso para ambos se ela caminhasse em sua direção e se acomodasse em seu corpo, experimentassem um da saliva do outro, jura que provaria dela com desfastio, livre de dúvidas ou pudores. Contudo, ela continua a oferecer distância dilatada pelo olhar que muda a cadência da respiração dele. Ela acredita no perigo que há no que ele deseja. Pergunta o que a leva a pensar assim. Responde que não seria problema lhe estancar os desejos, mas teme o que mora nele. "O que mora em mim?", ela sorri, luxuriosa: "O vazio".

O segredo

Concordam que é segredo, mas em segredo, olhos vagando sonsos pelo recinto, como se vista nenhuma eles procurassem. A intimidade do conhecimento compartilhado se debulha em *frenesi*, até eles alcançarem o ponto da saudade. Daí que seus olhares perdem a capacidade de serem astutos e diligentes, de se evitarem no intuito de impedirem o caos. Daí que o caos lhes parece mais dócil quando seus olhares se libertam, tornando-se permissivos e descarados, mergulhados no despautério da solidão, ela que não demora a ansiar por um suicídio poético. Questionam – o silêncio fazendo a vez de maestro – o motivo de os olhares serem tão traiçoeiros, que a encenação pode funcionar, mas quando ela chega ali, no degustar a imagem do outro, eles se tornam independentes e libidinosos, cavoucando seus sentidos, dos pobres amantes com segredo já desvendado por todos, mas que insistem em alimentar suas almas com inconfessáveis confidências.

Desarmando-se

Pergunta-se: amor ou erro de cálculo das emoções? Questiona-se, no anonimato dos pensamentos, buscando desvendar se é ódio ou um desinteresse voluptuoso em sentir indiferença. Crê no amar provedor de um amargor disfarçado de levezas e que a doçura do amor é sentida quando se chega ao final, na última lambida, nos cafundós da biografia do sentimento. Acredita que se permitir enfeitiçar por prazer e felicidade cultivados pelo amor é doar-se à autoflagelação. E ele nunca foi de doer em nome de outra pessoa. Por isso se aterroriza, com direito a taquicardia e seus pelos se eriçarem enquanto plana o olhar sobre ela, sem que a moça reconheça a existência dele. Por que o desejo vigente é de cravar os dedos nos cabelos da moça, a fim de trançar esperança de beijo primeiro? Por isso engole um calmante com um generoso gole de cerveja, forçando rejeição que não vinga, enquanto tenta se aprumar. E a moça passa; o efeito do calmante, também.

Platônico

Já lhe disseram que o meio-termo é um dedilhar o amansamento. E mesmo ele não sendo um ás na arte de equilibrar isso e aquilo, crê ser dos menos descompensados, até porque, neste exato momento, ele se equilibra nas pontas dos pés, só para assistir, lá naquele adiante, à cena recorrente: ela caminha pela plataforma, entre tantas pessoas, a estranha que invadiu seu olhar, faz alguns meses. Desde o dia em que, na conta do destino, sentaram-se no mesmo banco de trem e ela tirou de sua bolsa um exemplar do livro preferido dele, o moço sente uma vontade imensa de dizer a ela o mesmo que o personagem do livro diz a quem sequestrou o apreço dele: *se não puder me amar, permita-me ao menos amá-la na explicitação do sentimento*. Só que ele é meio zonzo quando se trata de aprofundada afeição; de explícito seus sentimentos têm nada. Ele segue assim, carregando a moça no olhar, preenchendo a distância com o desejo de, dia desses, ela olhar para ele de volta e sorrir, convidando seu amor para se achegar à companhia dela.

Dos que não morrem no final

Tentaram cultivar lonjuras para a geografia e para a decência. O RG de cada um rezava paragem distinta. O título eleitoral era santo demarcador da zona à que cada um pertencia. "Limites", o pai dela bradava, em noite de bebedeira. "Em nome de Deus...", entoava a mãe dele, em dia de culto raso de fé. Arrepiou-se o improvável e passaram a se comprazer um da existência do outro ao sofrerem o imprevisto de roçar o olhar no olhar, mesmo em campo de batalha, acabando avessos às reivindicações alheias. Eliminaram lonjuras, da geografia e da decência, por se atirarem, com frequência, um nos braços do outro, e se descobrirem partidários das pernas enroscadas. Tentaram barbarizar o afeto deles, dando nomes de família aos bois que pisoteavam o sentimento sem o qual eles já não sabiam viver. Daí que não se prenderam às dúvidas: partiram, sem RG, título eleitoral ou universo dividido, para não voltar. Os limites nunca lhes interessaram, e em nome de Deus, jamais cometeriam solidão.

Esperas

Compôs no de repente uma canção trançada à chuva, ao cobertor, ao frio e aos pensamentos indecorosos, às ruas vazias da cidade e ao uísque, que não é de ferro, mas assume ser um ébrio praticante. A cada cena, um verso, sendo que para o refrão reservou as palavras mais obscenas, assim todos as repetirão, abençoando o atrevimento do compositor. A língua ainda é o seu objeto de desejo preferido, pois além de ser capaz de inspirar gemidos dissonantes – dependendo do talento de seu regente em trafegar por lugares certos –, é talentosa despejadora de palavras de amor nesse mundo nem sempre digno de apreço. A canção inventada no de repente é uma singela e lasciva oferenda àquela que ainda não se esparramou no universo nem no corpo do moço. É canção de amor pré-datada, há de se espalhar pelo mundo, até chegar aos ouvidos dela e lhe arrepiar os pelos, entregando-lhe o mapa para encontrá-lo. Assim, ela matará a saudade antecipada que ele rumina há tanto tempo.

Eles

Ninguém percebe, ninguém sabe, mas enquanto caminha pelas ruas da cidade, debaixo da chuva que lhe agrada, seus pensamentos alvoroçados buscam uma forma de executar tarefa para lá de ardilosa. Ninguém diria, pois veja, ele não se parece com homem capaz de ato de tamanha importância, de mudar, de forma drástica, a vida de outra pessoa no mais pobre dos desfechos. Que, caminhando debaixo da chuva fina, ele aparenta uma fragilidade mais imponente do que o desejo necessário para tal feito. No entanto, ele segue, invade a casa, surpreende os convidados acomodados na sala de estar, focaliza o olhar em seu alvo, e, com a imprudência dos atrevidos, conta-lhe, a voz entrecortada, sobre quando se deslumbrou por ela, assim que a conheceu; e se ela permitir, ele continuará a se deslumbrar por ela todos os dias que virão. A moça, extasiada, sorriso estandarte, sussurra um "sim". Eles saem correndo do lugar, de mãos dadas, deixando, diante de uma plateia atônita, um noivo ressentido, com um "sim" engasgado.

Because I love you too much, baby

Gosta do quanto ela gosta daquela música. Quando toca no rádio, ou a coloca para tocar na vitrola, herança de seu avô, ela dança pela sala de um jeito que fisga seu olhar. Ele se sente abençoado por ter a chance de ser espectador daquele recorrente show particular. Não há coreografia, é a liberdade do corpo entregue à música provocadora da alma dela. Confessou a ele, pouco antes de mergulhar no som e na dança, que já sofreu e sentiu prazer escutando essa canção. Que, a cada vez, decidiu acreditar que a obra fora composta em sua homenagem, e que, por uma fração de segundo, podia morar nela, ajeitar-lhe o sentido, de acordo com o sentimento que a invadisse. No entanto, o que sem dúvida o fascina é o que se segue, o pós-final de canção, quando ela se aproxima dele e canta, à meia-voz, *because I love you too much, baby*.

Tez

Coloca o coração nas mãos do desejo: ruminar limites até transformá-los em bênçãos, alongando o aprazimento ao cúmulo dos carinhos, para então tocar-lhe a tez por tempo indeterminado, sem pressa. Começa miúdo, declamando um nada muito importante para ela. É versado em emoções efêmeras, crê que encontrará as duradouras só depois de se enredar nos vãos, nas frestas, nas imperfeições indecentes de tão imodestas, nos salientes dilemas da própria existência. Para ela, a batalha entre sentimentos silentes e carência berrante chegará ao fim apenas quando ele aceitar a finalidade do mutável: salientar diferenças para que afinidades se revelem. Resigna-se, extenuado por buscas que não lhe preenchem com destinos, levando-o a se curvar às histórias com ciclos intermináveis de desapontamentos. Deita-se no chão, aos pés dela, sonhando um futuro de regalias, como a de tocar a tez da moça que lhe confia o sorriso, como se recitasse poema de autor desconhecido. Então, adormecer em tom de até que enfim.

Bailado

Como não acreditar que foram feitos um para o outro? Seus olhares enroscados, há gentileza explícita nas suas palavras, trejeitos orquestrados pela paixão. Um dos moradores se gaba de ter vivido algo parecido, apesar da infelicidade que o assaltou logo após o divórcio. Morre de inveja do casal. Para ele, só quem viveu é capaz de identificar esse tipo de conexão. Ela observa como ele segura sua companheira pela cintura, a forma como curva a cabeça, para que seus olhares não se percam um do outro. Uma vez por semana, a vizinhança se reúne para apreciá-los no palco improvisado da praça. São a prova de que o amor existe. Depois do espetáculo, os dançarinos agradecem aos presentes, sempre afáveis e de mãos dadas, e assim caminham até a esquina. Quando longe da vista dos que lhes pagam para a performance semanal, despem-se dos personagens. Nem trocam um olhar quando cada um segue para um lado, completos desconhecedores do amor com o qual ganham a vida.

Episódio

A legitimidade do estremecimento prefacia o momento. Quem disse que palavra única – sussurrada durante atrevimento aguardado e escancarado – não surte efeito? Quem o disse não é dos que mergulham nos sentidos, em especial nos que não fazem sentido aos que evitam as entregas. Como quando ele incita o erotismo da intimidade oriunda da quietude dela. Quando ela fricciona verdade na tez da compreensão dele. Então, vem um esmorecimento, uma insânia própria de quem se despe das expectativas por desejar – com intensidade abissal – a singularidade do engranzar suspiros dialéticos goela abaixo da morosidade. Ele aprecia ameigá-la. Ela aprecia ameigá-lo. Resvalam-se um na geografia do outro, mãos adornando meatos, ancas aprimorando a lascívia em uma dança ritmada. Cantam doçuras e devassidões, buscando, à exaustão, o momento em que, mesmo sendo díspares, sintam, em uníssono, a relevância da vida a trilhar seus nervos. Então, repousar em contentamento.

Desconstrução

É um engasgo dos mais engasgados que já sentiu. Está ali, olhar fixo no dele, que passou a vida a cortejá-la em silêncio. Sabe como? Com os lábios secos, pelos eriçados, olhar que já encontrou o alvo para os primeiros toques, mas eles nunca aconteceram, foram calados pela espera, que foi corrosiva, imperdoável, rancorosa. Agora, ali estão: sentados um de cara com o outro, à mesinha capenga do bar da Dona Odete. Entre eles, cerveja e suco de caju, mais uns petiscos que não a interessam. Ele ainda olha para ela daquele jeito profundo, cativante e em tom de desnudamento, de fazer muitas corarem. Não ela, não mais. Ela dá de ombros, explicitando o desapontamento empoçado em seu espírito que, por muito tempo, sentiu-se pronto para aceitá-lo. Hoje, sente-se antiga além do suportável para viver tal aventura. Então, desengasga-se e engata um "não". Ele mirra, como ela costumava mirrar a cada vez que se despediam sem que ele pedisse a ela para ficar. Ela sorri, infeliz.

Juro que te amo

Despe-se sem tirar os olhos da TV. Amanhã, aproveitará a promoção para economizar na revisão do carro. Despe-se sem tirar os olhos da porta. Torce para que nenhuma das crianças acorde e corra para sua cama. Só quer dormir e uma revisão digna do seu carro conservado à perfeição. E daí que é velho? E daí que ele é o quinto dono? Sabe cuidar do dito. Tudo o que quer é dormir, pois teve um dia difícil, ensinando crianças a gostarem de aprender, antes de aprenderem de fato. Ela se deita na cama, ele se deita sobre ela. TV ligada no episódio 134 da novela. Gosta de chamá-la de professorinha. Ela pensa ser por carinho, fetiche, mas na verdade ele acha a profissão dela uma bobagem. Gosta de chamá-lo de doutor, porque ele aprecia ser reconhecido advogado. Pena que só atende cliente de porta de cadeia e dá aulas particulares de reforço para quem está no cursinho. Ela acha que ele tem o intelecto prejudicado. Gozam suas mágoas, sempre antes das dez da noite. Nunca dormem sem dizer "juro que te amo" um ao outro.

Canções de amor são uma droga

Do amor já se fartou. Agora, a efemeridade é pré-requisito para qualquer relacionamento. Nada de benquerer de faltar o ar, de quando dói a ausência do outro ou sua presença se assemelha ao *frenesi* causado por uma realização que se mostra impossível. Ele sabe: amor é adereço para o louco, de loucura de quem tem a mente desarranjada. Curou-se de vez do último que sentiu, que quase eliminou sua capacidade de raciocinar. Começou ignorando as canções de amor. Aquele sofrimento intenso, com um desfecho besta, de felicidade insossa ou um rompante parece alentador, mas é enganação descarada. Não quer mais sentir o estômago se negar a receber alimento, só porque a alma está faminta do quê? Amor! Desapontado consigo por ter pensado a respeito, devolve o disco à sua capa e o esconde dentro da estante. Elvis Presley não sabia o que cantava. Sai de casa, e ao fechar a porta atrás de si, solta a voz, tão sem querer, tão afinado: *Love me tender, love me true, all my dreams fulfilled...*

Ex-virtuais

Parecem estátuas, enfeites para fisgar olhares dos transeuntes. Assim, encarando-se a uma distância tão curta entre um e outro, é clara a intimidade envolvida entre as peças. Uns acreditam que o artista, ao criar sua obra, soube expressar sentimento como poucos. Há amor ali. Outros, ao a observarem bem de perto, embevecem-se com a espantosa perfeição. Então acontece o respirar fundo, quase em uníssono. Ao percebê-los humanos, assustam-se e deslumbram-se os espectadores. Há quem jure, por deuses e por seus pais, que eles são artistas talentosíssimos, óbvio que estrangeiros, dedicados à arte da estátua viva. Na verdade, ela marcou no parque para conhecer aquele por quem se apaixonou, depois de horas de conversa pela internet. Ele contrariou a descrença em relacionamentos online ao encontrar a mulher pela qual se apaixonou, depois de horas de conversa pela internet. E o que os deixou assim, íntimas estátuas vivas, foi o pousar um o olhar no outro, reconhecendo-se. Agora, eles não sabem quem são, se amantes virtuais ou amigos de infância.

Provocações da benquerença

Observá-lo tem sido seu fazer constante e desafiador de irritar rotina. Nele moram os gestos furtadores de fôlego, os olhares que bagunçam sua alma. Aprecia sua voz, que se mostra em ritmo lesto, fazendo palavras se atropelarem com graciosidade, vez em quando. Ele é agridoce. Nele moram a erudição e o desvario. Nele se agitam sonhos, medos e desejos por vezes equivocados. Sim, desejos podem sofrer de equivocação se o desejador insistir em uma direção. Quem o sabe, sabe pouco menos do que saberia se o observasse para além do raso olhar, do que ele aparenta ou poderia ter sido e falhou em ser, jamais será. Não que seja tarefa fácil se aprofundar no outro. Em aprofundamento dessa densidade é possível se envolver com enlevos e desenganos amplificados. Ainda assim, tudo nele soa feito agrado, predicados todos. Há tempos, imaginava como seria o sentimento de apreço por alguém cujos fantasmas não a amedrontassem. Que não a levasse à fuga, em direção contrária aos abismos particulares de ambos, por quem aceitasse o desafio de permanecer. Alguém que inspirasse a ousadia de não temer benquerença.

Sleep tight

fui dormir
nem quis saber a que horas
nem quais fantasmas
se deitaram com os meus sonhos

© 2022 Carla Dias
Todos os direitos desta edição reservados à Laranja Original.

www.laranjaoriginal.com.br

Edição Filipe Moreau
Projeto gráfico Marcelo Girard
Ilustrações Rodrigo Scott
Capa Marcelo Girard, sobre ilustração de Rodrigo Scott
Revisão Ana Carolina Mesquita
Produção executiva Bruna Lima
Diagramação IMG3

Dados Internacionais de Catalogação na Publicação (CIP)
(Câmara Brasileira do Livro, SP, Brasil)

Dias, Carla
  Fugas, pausas e desatinos / Carla Dias. --
São Paulo : Editora Laranja Original, 2022. --
(Coleção rosa manga)

  ISBN 978-65-86042-43-6

  1. Contos brasileiros I. Título II. Série.

22-117049   CDD-B869.3

Índices para catálogo sistemático:
1. Contos : Literatura brasileira B869.3
Aline Graziele Benitez - Bibliotecária - CRB-1/3129

Laranja Original Editora e Produtora Eireli
Rua Capote Valente, 1.198
05409-003 São Paulo SP
Tel. 11 3062-3040
contato@laranjaoriginal.com.br

Fontes Janson e Geometric *Papel* Pólen Bold 90 g/m² / *Impressão* Psi7/Book7 / *Tiragem* 200 exemplares / *Agosto 2022*